CATALOGUE

D'UNE NOMBREUSE COLLECTION

DE

TABLEAUX

ANCIENS & MODERNES

Des diverses Écoles

QUATRE-VINGT MINIATURES & GOUACHES

DONT LA VENTE AUX ENCHÈRES PUBLIQUES AURA LIEU

HOTEL DROUOT

SALLE N° 2

Les Lundi 18 & Mardi 19 Mars 1867

A DEUX HEURES

Par le ministère de M° **PHILIPPE LECHAT**, C°-Priseur,
rue Saint-Lazare, 64,
Assisté de M. **DHIOS**, Expert, rue Le Peletier, 33.

EXPOSITION PUBLIQUE

Le DIMANCHE 17 Mars 1867, de une heure à cinq heures.

PARIS

RENOU & MAULDE

IMPRIMEURS DE LA COMPAGNIE DES COMMISSAIRES-PRISEURS
Rue de Rivoli, 144.

—

1867

EXEMPLAIRE DE DHIOS

CATALOGUE

D'UNE NOMBREUSE COLLECTION

DE

TABLEAUX

ANCIENS & MODERNES

Des diverses Écoles

QUATRE-VINGT MINIATURES & GOUACHES

DONT LA VENTE AUX ENCHÈRES PUBLIQUES AURA LIEU

HOTEL DROUOT

SALLE N° 2

Les Lundi 18 & Mardi 19 Mars 1867

A DEUX HEURES

Par le ministère de Me **PHILIPPE LECHAT**, Cre-Priseur,
rue Saint-Lazare, 64,
Assisté de M. **DHIOS**, Expert, rue Le Peletier, 33.

EXPOSITION PUBLIQUE

Le DIMANCHE 17 Mars 1867, de une heure à cinq heures.

PARIS

RENOU & MAULDE

IMPRIMEURS DE LA COMPAGNIE DES COMMISSAIRES-PRISÉURS
Rue de Rivoli, 144.

—

1867

CONDITIONS DE LA VENTE

Elle sera faite au comptant.

Les Acquéreurs paieront CINQ POUR CENT en sus du prix d'adjunication.

L'Exposition mettant les Acquéreurs à même de se rendre compte de l'état des Tableaux, il ne sera reçu aucune réclamation une fois l'adjudication prononcée.

DÉSIGNATION

DES

TABLEAUX

1 — SAINT-AUBIN, 1783. Signé. Scène d'intérieur ; sujet tiré d'un conte de La Fontaine. — 21

2 — BACKUISEN. Grande et belle marine ; effet de tempête : navires se brisant sur des rochers. —

3 — VAN BALEN. Diane et deux Nymphes endormies, surprises par des Satyres. — 86

4 — Nymphes et Amours. — 15

5 — H. BALLUE. Paysage ; effet de bois. (Deux pendants.) —

6 — BASSAN. L'École de Dessin. — 15

7 — BEAUBRUN. Portrait d'une Dame de distinction tenant une houlette. —

8 — BENEDETTO DE CASTIGLIONE. Villageois conduisant des bestiaux. (Deux pendants.) — 41

9 — BERRE. Animaux au pâturage. — 76

10 — Animaux au pâturage. Très-belle étude terminée. — 18

151. 11 — GIO CARLO BEVILACQUE, 1796. La Vierge et l'Enfant Jésus adorés par deux saints. Grand tableau religieux très-gracieux. ————

12 — BOILLY. Portrait d'homme. ————

13 — BONNINGTON (attribué). Scène historique. (Esquisse.) ————

14 — BOUCHER (école de). Les quatre Saisons. Quatre petits tableaux formant pendant. ————

15 — L. BOULOGNE. Bacchus et l'Amour. ————

16 — BRACKENBURG. La Conversation intime. ————

17 — BREDAEL. Chasse au Cerf. Beau dessin encadré. —

18 — BRONZINO. Groupe de trois personnages. ————

19 — CAMOIN. Types de mendiants. (Deux aquarelles.)

20 — CANELLA. Petit Paysage orné de figures; site italien. ————

21 — CHAMPAIGNE (Ph. de). Portrait d'un guerrier revêtu d'une cuirasse.

22 — CHARDIN (attribué). Portrait d'un Écrivain. —

23 — Le petit Ramoneur.

24 — L. CORDIER. Intérieur où l'on voit deux jeunes Filles.

25 — COÛTURIER. Coqs et Poules. (Esquisse.) ————

26 — CUYP (attribué). Le Moulin. ————

27 — DAVID TÉNIERS. (Signé.) Conversation de Villageois au milieu d'un paysage. ————

28 — ALFRED DE DREUX. Cavalier et Amazone. ————

29 — DESMARCHAIS. (Signé, 1736.) Portrait de Gallet, le Charbonnier. ————

30 — E. D'HÉSE. Basse-cour avec coqs et poules. ————

31 — DOMINIQUIN. La Communion de saint Jérôme. Très-belle réduction du grand tableau. —

32 — ÉMILE DUPRÉ. Types de Chasseurs. Deux dessins.

33 — ALBERT DURER (école). La Vierge et l'Enfant Jésus au milieu d'un paysage. Précieux petit tableau.

34 — VAN DYCK (école de). Portrait d'une Personne tenant une lettre. —

35 — SIGNÉ E. B. S., 1851. Marine. —

36 — VAN ECKOUTH. La Madeleine se dépouillant de ses richesses.

37 — FRANCK. La Vierge et Jésus entourés de deux anges.

38 — Le Rédempteur du monde. —

39 — FRANCK FLORIS. L'Abondance. —

40 — Bustes de jeunes Femmes. —

41 — Jeune Femme les épaules découvertes. —

42 — GAMBARD. Sujet d'Histoire. (Esquisse.) —

43 — GAUL. Marine; naufrage près du port. —

43 bis — Cartons, Esquisses et Toiles du même artiste.

44 — GENGEMBRE. Combat de Zouaves. —

45 — Mlle GÉRARD. Portrait de la duchesse de Narbonne.

46 — GÉRICAULT (attribué à). Cuirassier montant à cheval.

47 — GREUZE (école de). La Récureuse. —

48 — GUASPRE POUSSIN. Paysage historique orné de figures.

49 — GUERCHIN. Sainte Catherine, peinture sur marbre. (Ovale.)

50 — GUILBERT D'ANELLE. 1859. Le Nid et le Bain. (Deux pendants.)

51 — La Musique et les Papillons. (Deux pendants.)

52 — HÉBERT. Esquisses : Moines.

53 — HUBERT-ROBERT. Femmes à la fontaine.

54 — HUE. Port de mer en Orient. Tableau dans le style de Claude Lorrain.

55 — JOLY. Portrait de femme. (Pastel ovale.)

56 — JONGKIND. Étude de paysage.

57 — JOSQUIN. Jeune Fille couchée. (Pastel ovale.)

58 — LACROIX. Marine avec pêcheurs.

59 — LAMBRECHT. Intérieur de ménage.

60 — LANCRET (École de). Concert champêtre.

61 —   Id.   Jeune Fille tenant un cahier de musique.

62 — LARGILLIÈRE (École de). Portrait d'homme, époque Louis XIV.

63 — LARGILLIÈRE (École de). Jeune Femme avec un chien.

64 — PH. LAURY. Nymphes endormies.

65 — LAQUY. Intérieur hollandais.

66 — Mme LEBRUN. Portrait de jeune femme.

67 — LENAIN. Intérieur de famille.

68 — MAAS (Nicolas). Portrait de jeune femme.

69 — CARLE MARATTI (École de). Sainte Famille représentée au milieu d'un paysage.

70 — NEER (Genre de Van der). Effet d'hiver.

71 — NETSCHER. Portrait d'une dame de distinction représentée à mi-corps.

72 — **Netscher**. Portrait de jeune femme représentée à mi-corps.

73 — **Nino de Guerrera**. L'Assomption de la
Vierge. Grand et beau tableau religieux.

74 — **Ommeganck**. Têtes de moutons.

75 — **Oudry**. Beau Portrait d'une femme de distinction ; elle est représentée assise caressant un
chien.

76 — **Oudry** (Attribué à). Chien en arrêt devant
des perdrix.

77 — **Palamèdes**. Scène d'intérieur.

78 — **Panfilo nuovole**. L'Ange et Agar.

79 —   Id.   Agar et Abraham.

80 — **P. de Saint-Martin**. Paysage avec Baigneuses.

81 —   Id.   Paysage, avec promeneurs. (Pendant du précédent.)
      Ils sont signés et datés 1810.

82 — **Parmentier**. Signé, 1783. Vue de monuments
de Rome. (Beau dessin.)

83 — **Potel** (Pierre). Charmant petit Paysage.

84 — **Paul Guignon**. Site de Provence. (Deux pendants.)

85 — **Prud'hon**. Enlèvement. (Très-belle esquisse.)

86 — **Querfurth**. Combat de cavaliers.

87 — **Raoux** (École de). Tête de jeune fille.

88 — **Restout**. Jésus et la Femme adultère.

89 — **Ch. Salmon**. La Toilette. (Dessin à la sanguine.)

90 — **Salvator-Rosa** (École de). Combat de cavaliers.

91 — SUSTERMANS. Portrait d'une dame en costume du temps de Marie de Médicis. —————— 8.,

92 — THILLIOT (Signé). Atelier de peintre (Esquisse.)

93 — TITIEN (École de). Portrait de la maîtresse du Titien. ——————

94 — VALIN. Jeune Fille couronnée de fleurs. (Ovale.) ——————

95 — VAN LOO (École de). Scène d'intérieur : Femme couchée servie par un nègre. ——————

96 — WATTEAU DE LILLE. Deux Chasseurs. ——————

97 — WATTEAU (École de). Musicien. ——————

98 — ÉCOLE ALLEMANDE. La Vierge et l'Enfant Jésus.

99 — La Vierge allaitant l'Enfant Jésus. (Deux tableaux.) ——————

100 — ÉCOLE ESPAGNOLE. Saint Ignace. ——————

101 — ÉCOLE FLAMANDE. Dame de distinction tenant son enfant dans ses bras. ——————

102 — ÉCOLE FLAMANDE. Vénus entourée d'Amours. ——

103 — ÉCOLE FRANÇAISE. Gracieux Portrait de femme tenant un perroquet. ——————

104 — ÉCOLE FRANÇAISE. Sujet biblique. ——————

105 — ID. Scène d'intérieur Louis XV.

106 — ID. Jeune Femme mangeant du raisin.

107 — ID. Portrait de femme avec collerette en guipure. ——————

108 — ID. Portrait d'une dame du temps de la Régence. ——————

109 — ÉCOLE FRANÇAISE. Jeune Femme coiffée d'un turban.

110 — ID. Jeune Fille jouant du clavecin.

111 — ID. Portrait d'homme tenant un livre.

112 — ID. Allégorie.

113 — ID. Deux petits Portraits ovales.

114 — ID. Portrait du duc de Bourgogne, dauphin de France. (Ovale avec cadre sculpté.)

115 — ÉCOLE FRANÇAISE. Buste de femme.

116 — ID. Portrait du connétable de Bourbon.

117 — ID. Portrait de Fusée de Voisenon.

118 — ID. Portrait de Mme Favart.

119 — Huit petits Tableaux encadrés : Sujets religieux.

120. — Huit Toiles et Panneaux : Portraits et Sujets.

121 — Quatre Toiles sans cadres, par divers maîtres.

122 — Pastel et Cadre doré.

123 — ÉCOLE ITALIENNE. Portrait d'un prince du temps de François Ier.

124 — ID. L'Annonciation.

125 — ID. La Flagellation.

126 — ID. Jésus-Christ couronné d'épines.

127 — ÉCOLE ITALIENNE. Grand Paysage orné de figures, représentant le Baptême du Christ. — 20.,

128 — ID. Martyre d'un saint. (Belle esquisse.) — 4.50

129 — ID. L'Annonciation. Peinture sur fond d'or. — 1.50

130 — ID. Orphée et Eurydice. —

131 — ÉCOLE MODERNE. Étude de paysage avec rivière traversée par un pont. — 34..

132 — ID. Petit Paysage avec chevaux de trait. — 2.50

133 — ID. Six Tableaux : Fleurs, Fruits et Gibiers. — 32.50

134 — ID. Petit Paysage, signé B. —

135 — ID. Femme nue. — 12,

136 — Sainte Famille, d'après Lebrun. — 20.,

137 — La Vierge et l'Enfant Jésus.

138 — Descente de Croix, d'après Rubens. — 9.50

139 — Sainte Famille, d'après Léonard de Vinci. — 11.

140 — Sainte Famille, d'après André Del Sarte. — 30..

141 — Tête de Christ au Roseau. — 3.50

142 — Vierge, d'après Raphaël. — 10..

143 — Triomphe de Galathée, d'après Raphaël. — 31..

144 — La Bonne Aventure.

145 — Buveurs. — 6.50

146 — Sainte Famille. — 11.50

147 — La Conception, d'après Murillo. — 22.,

148 — Sainte Famille, d'après Raphaël. — 11..

149 — La belle Féronnière, d'après Léonard de Vinci.

150 — Sainte Vierge, ovale, entourée d'une guirlande de fleurs.

151 — L'Enlèvement de Psyché, d'après Prud'hon.

152 — La Veille d'Austerlitz. (Composition de Valery de Siriaque, exposé en 1837.)

153 — Baigneuses, d'après Van Loo.

154 — Episode de Roland Furieux. (Composition de Valery de Siriaque, exposée en 1837.)

155 — L'Archange Michel à la recherche du Silence dans un couvent, y trouve la Discorde qu'il emporte.

156 — Retour de chasse, d'après Wouwermans.

157 — Sainte Famille.

158 — Huit Têtes d'études : Jeunes Filles et Sujets.

159 — Plusieurs Lots de Gravures et Dessins.

160 — Lots de Gravures, Dessins et Photographies.

MINIATURES

161 — Environ quatre-vingts Miniatures, Gouaches et petits Portraits seront divisés sous ce numéro.

RENOU et MAULDE, imprimeurs de la Compagnie des Commissaires-Priseurs, rue de Rivoli, 144.   1923